KB063852

손묘랑 감성시집

이지출판

그림 : 야마시타 마고토(山下まこと)

_ 추천의 글

"수고하셨습니다. 고맙습니다."

일본에서 손묘랑 님이 보내 주신 《일상에서 문득》 시집 원고를 받아들고 이 말이 먼저 나왔습니다.

손묘랑 시인과의 만남은 기적 같은 인연에서 비롯되었습니다. 경상북도 문경시 갈평리 290번지, 이곳은 제가 태어난 본적지입니다. 멀리 일본에 계시는 손묘랑 님이 이 본적지로 자신을 알리는 자료와 편지를 넣은 소포를 보내 왔고, 그 소포는 고향집에 사는 조카에게 전해져 봉투도 뜯지 않은 채 제 사무실로 다시 보내 왔습니다. 이 소포를 받은 2023년 7월 17일 무렵에는 해외에서 불특정 다수에게 테러로 의심되는 소포가 배달되니 조심하라는 뉴스가 연일 보도될 때였습니다.

나름 해외에 독자가 있었던 터라 혹시 테러일 수도 있겠다 싶어 함께 근무하는 직원들을 물리고 마스크를 쓴 채 우편물을 개봉했다가 깜짝 놀랐습니다. 멀리 일본에 계시는 교포분이 저에게 시를 배우고 싶다는 내용을 편지로 적어 보냈습니다. 해외에서 시쓰기를 배우겠다니, 그냥 저버리기에는 너무 간절한 마음이라 제가 답장을 보내 드렸고, 다시 답장이 오면서 지난해 8월부터 감성시 쓰기 공부가 시작되었습니다.

손묘랑 님은 우편물을 통해 메모를 주고받는 방법으로 시를 배우고 싶다고 했지만 제가 SNS를 통한 첨삭 수업을 권했고, 그때부터 손묘랑 님은 일상 속 생각, 그리고 사소한 사건들을 일기 적듯 적어 저에게 보냈습니다.

그 메모들을 '윤보영 감성시 쓰기 공식 10'에 적용하여 첨삭 의견을 전했고, 한 편 한 편 시가 되어 시집으로 탄생하게 되었습니다. 시쓰기 수업을 시작한 지 8개월 만에 얻은 결실입니다. 이 시집은 시를 쓰는 사람이라면 누구나 한 번쯤 읽어 보면 좋을 정도로 완벽한 감성시로 구성되어 있습니다.

해외에 계시는 분들을 대상으로 시쓰기 첨삭 지도는 이번이 두 번째입니다. 2021년 12월, 미국 애틀란타 여성문학회 8명이 첨삭 지도를 받아 동인지 《깊은 밤, 나무의 편지》를 발간한 적 있습니다.

그 동인 시집과 이번 개인 시집을 통해 알게 된 사실은, 해외에 계시는 분들은 특히 그리움이 많다는 것이었습니다. 가족, 이웃, 고향, 친구… 심지어 어린 시절 뛰어놀던 골목길이나 집 앞 감나무 가지 끝에 달린 홍시마저도 그리움의 대상이 되고 있었습니다. 앞으로도 이처럼 해외에서 그리움을 가슴에 담고 사는 분들에게 그 그리움을 시집에 담아 자신에게 선물이 될 수 있도록 도와 드려야겠다는 생각을 했습니다.

수고하셨습니다. 감사합니다. 다시 한번 시집 발간을 축하드리며, 이 시집을 받고 깜짝 놀랄 언니, 오빠들에게도 "자랑스러운 막냇동생을 두셔서 고맙습니다!" 이 말씀을 꼭 드리고 싶습니다. 고맙습니다.

윤보영 시인의 집필실이 있는
경기도 광주 도척면 '이야기터 휴'에서
커피시인 윤보영

2023년 봄이 끝나갈 무렵,
저는 무모한 시도를 했습니다.
현주소도 모르는 채, 윤보영 시인님의 본적지 문경으로 편지를 띄웠는데, 친척분이 받아서 서울에 계신 시인님에게 전해 주셨습니다.

그런데 그 무렵 국제우편물에 알 수 없는 유독가스가 배달되어 크게 이슈가 된 적이 있어, 시인님은 주위 사람들을 물리고 마스크를 쓴 채 우편물을 열어 보셨다고 합니다.

그러나 우려와는 달리 그 안에 "윤보영 시인님께 시를 배우고 싶다"는 보물같이 귀한 사연이 들어 있었다고 말씀해 주셨습니다. 이런 저의 무모한 시도와 SNS를 통한 윤보영 시인님의 배려로 제 시집이 세상에 나오게 되었습니다.

그런데 왜 이리 부끄럽지요?
제 일상에서 건져 올린 단상들을 선보이려니
괜히 쑥스럽기만 합니다.
하지만 용기를 내려고 합니다.
제 시를 읽어 주시는 분들과 많은 이야기를
나누고 싶기 때문입니다.

이 시집이 나오기까지 애써 주신 윤보영 시인님,
그리고 우리 가족, 언니 오빠들에게 감사합니다.
또 표지와 본문 그림을 그려 준 조카 고유단과 즐겁게 기타 치는 그림을 선물해 준 야마시타 마고토(山下まこと) 씨에게 고마운 마음을 전합니다
무엇보다 하늘에 계신 부모님께 저의 간곡한 사랑과 그리움이 가 닿기를 기원합니다.

2024년 봄 일본에서
손묘랑

_ 차례

2부 내 마음에 뜨는 별

3부 당신 만날 그날을 위해

4부 그대 향기로 여는 하루

1부

그대와 마주하는 날

그리움 1

그대 아니면
그리움이
무엇인지 알 수 있을까?

그대 사랑 아니면
사랑이 무엇인지
알지도 못했을 것을

그 위대한 가르침에도
고마워할 줄 모르고
늘 목마름으로
보채기만 했던

침묵도 사랑일 수 있고
그리움이 된다고 믿으며
기다려야 하는 걸
이제야 알았습니다.

그리움 2

하늘의 별
담을 수만 있다면
창문을 닫고
방 안 가득 담겠습니다

그대 생각
꽂을 수만 있다면
화병처럼
내 안에 꽂겠습니다

별이 지지 않는 보석상자
꽃이 시들지 않는 온실을
만들어 가겠습니다.

5월의 편지

그대가 화이트데이에 준
마가렛 꽃을 수놓은 행커치프

밤이 되면 머리맡에서
커다란 침묵으로
눈물을 닦아 줍니다

오늘도 꽃집에 들러
천 원짜리 작은
마가렛 화분을 사 와
베란다에 나란히 놓습니다

'진실한 사랑'
마가렛 꽃말을 기억하고
꽃잎을 하나하나 따면서
사랑점을 칩니다

yes or no, yes or no를
거듭하다가
마지막에 yes로 끝나면
그대도 나를 사랑하고 있다는 듯
마음에 위안을 받습니다

수많은 사람 가운데
그대를 만난 것도
아름답고 귀한 인연!
올려다보는
5월 하늘의 맑은 기운이
가슴에 스며듭니다

오늘처럼
저녁노을이 바람에 담겨
그대가 더 그리워지는 날에는
5월의 편지를 들고
그대를 찾아갑니다
내 안에서 그대를 만납니다.

마가렛을 보며

아프리카 카나리아섬에서 온
따뜻한 봄을 좋아하는 마가렛!

지난해 봄, 꽃이 지며
화단에서 사라질 때
침묵 속에서도
다시 오리라는 믿음은 있었지만

오늘 거리에서
누구보다 빨리
새로운 봄을 전하고 있는 너!

네 모습을 보는 순간
내 마음에도
이미 새봄이 와 있다

그리운 사람도
함께 와 있다.

안부

바람이 전해 온 소식은
나를 몸살 앓게 하네

온실 화초처럼
곱게만 커 가고 싶었는데
오늘 바람이 전해 오는
그대 소식엔
그만 흔들리고 말았네

뜨거운 햇살에
꽃잎 움츠리고
몰아치는 태풍에 흔들리는
온실 속 화초가 아니라

벼랑 끝 바위에서도
쓰러지지 않고
변함없는 소나무로
살아야 한다고 노래하며

그 소식 전해 온 바람에게
다시 실려 보내고 싶네.

그대 사랑으로

내 마음 빈 곳으로
그대여
사랑으로 오세요

눈을 감으면 나타나는
그대여
사랑으로 오세요

나는 그대에게
그대는 나에게

조건 없는 사랑
희망과 용기를 주는

사랑의 주인공으로 오세요.

만남

우리는
떨어져 있어도 기억되게
사랑으로 묶여 있었네

나는 그대의 이름을 불러 주고
그대는 나의 이름을 불러 주면서
그렇게 사랑 속에서 살았네

헤어져 있어도 사랑이었고
기다림도 지나고 보니
사랑이더니

그대와 나
마주하는 날에는
그리움의 향기 멈추고
그 자리에
꽃으로 피어나리.

연필

너는
어느 숲
어느 나무에서 자라
연필로 다시 태어났니?

그곳에서 밤이 되면
시간을 모아
나이테를 만들었겠지?

내 안에도
너처럼 나이테가 있지
그대 기다림이 만든 나이테

그대를 만날 때마다
사랑한다고 적을 수 있어
더 단단해진 나이테!

돌담길

어느 날엔
하늘까지 치솟고 싶었던
바위산이었을 너는

구름이 몰고 온
비바람에 깎여
여기 돌담을 만들었겠지

내 안에도
돌담이 있지
기다림이 준 선물
당신 생각으로
쌓아놓은 돌탑

사랑이란 이름으로 있지
행복이란 의미로 있지.

인연

이름이 뭐예요?
어디 사시죠?
뭘 전공하셨어요?

취미는 뭐예요?
좋아하는 음식은요?
어느 계절을 좋아하시나요?

혈액형은요?
부모님과 형제는요?

무엇을 물어도
우리는 공통점을 찾을 수 없었는데
다만 그대와 나
선을 보고
한눈에 반했다는 것!

이(齒)

이가 빠지면
몸의 일부였던
별 하나가 떠나는 것이다

먼 우주의 신비 속에서
우리 몸으로 왔다가 떠나갈 때
고향으로 가기 쉽게
지붕으로 던진다

다시 태어날 때
더 튼튼한 별이 되라고
감사하는 마음을 보태 던진다

나에게
다시 오기 쉽게
지붕 제일
높은 곳으로 보낸다.

양치기별

코발트블루
저녁 하늘에서
가장 먼저 나온
양치기별을 본다

양치기별이
나를 본다

사랑해도 된다는
자신감을 건넨다

고개를 끄덕이며
가슴에 별을 담는다.

명시(名詩)

아름다운 시를
쓰시렵니까?

행복이 담긴 시를
쓰시겠습니까?

아니면
한 편의
불후의 명작을
남기고 싶습니까?

그렇다면
여기 펜을 들고
기다리는 마음을 적어 보세요

시 속에
당신을 별로
그리고
그 별 속에
내가 좋아하는 당신 마음
하늘에 적어 보세요.

감정

우리 감정은
어디서 오는 걸까?

잔잔한 호수에 바람이 불면
작은 물결 일 듯
희로애락 감정이 여러 색으로
우리 가슴에
파문을 일으킨다

약하게
어느 때는 중강으로
그리고 강렬하게
감정의 강도가
그 감정의 색에 따라 변한다

일상을 접었다 폈다
내 감정은
그리움을 지우지 않는 범위 내에서
스스로 감당할 만큼의 무게로
나를 지배하고 있다.

사랑

나에게 당신은
저 먼 곳에
있다고만 생각했네

그러나 오늘
당신이 보여 준 사랑은
나와 함께 가자는 초대였어

난 늘
그 초대를 거절했었네
거절당하는
당신의 슬픈 마음을
미처 헤아리지 못했네

무기력했던 한여름 밤이 지나고
서늘한 가을바람으로 찾아와
나를 다시 불러 주는 당신!

당신의 초대를
이제는 놓치지 않으려네.

휘파람

오랫동안
사랑의 언어에
둔감해 있었다

멜로디에 감동하기보다
그들이 읊어 주는 가사에
더 목이 멘다

나를 묶어 왔던 것은
자신이나 친구,
스승도 아닌
그냥 꺾인 세월!

감정을 허문다
강둑이 터지듯
쏟아지는 기억들이
휘파람 불며 다가온다.

수첩

누구에게나 정해진 시간
그 시간을 채울 페이지가 있다

나는 그 페이지마다
배에 짐을 싣듯
하루하루 나의 일상을 싣는다

무거운 짐을 실을 때와
날아갈 듯 가벼운 짐을 싣는
뱃사람의 기분이 이런 것일까?

희비가 엇갈린
내 비망록 수첩!

액자

우리 일상에 담겨 있던
순간순간의
교차된 시선과 몸짓은
액자 안에 고스란히 담긴다
소중한 추억이 된다

그 추억은
액자를 바라보는 우리를
잠시 타임머신에 태워
그 속으로 들어가게 한다

그대가 머무는
그곳으로 간다.

고백

많고 많은 사람 중에
운 좋게 그대를 만났고
함께 살아가는 일상은
분명 아름답고 귀한 하트!

벅차오르기만 하는
10월의 하늘을 바라보는 지금
그 설렘이 하늘로 올라가
그대를 만나고

내 사랑 그곳으로 들어가
그대 마음에 다소곳이
둥지 틀고 싶습니다.

해바라기 1

물 한 방울 없는
아스팔트에서도
풀꽃은 돋아났다

햇볕 한 자락 없는
하늘 밑에서도
해바라기는 웃고 있었다

바람 한 점 없는 날에도
갈대는 제 혼자
흔들리고 있었다

구름 없는 날에도
천둥과 번개는
늘 함께했었다

나무 한 그루 없는 도시
한가운데서도
사랑이 피어나는 것처럼.

해바라기 2

그리움이라는 꽃말의
해바라기 꽃처럼
해님이 나만 바라봐 주길
간절히 원했던 적 있지요

해바라기 고개 숙인 날도
그 까닭을 알지 못했지요

해님 그대는
오랜 목마름으로
이제 조금은 알 것 같아요

내가 그랬듯
그대가 구름을 드리우면
그리움이 깊어
저절로 고개가
숙여질 수 있다는 것을.

눈물

답답한
이 오후의 눈물은
어디서 오는 걸까?

사랑의 교도소처럼
아무것도 할 수 없는
무능한 나를 위해
스스로 울게 한 것이겠지

날개 없이
바다만을 지키는
자유의 여신처럼
비장함을 느낀다

흔드는 사람이 없어도
제야의 종은 울리고
일 년의 막은 내리지 않았던가?

그대와 나
제자리에 남겨 놓은 채
지금도 사랑이라 말하면서.

커튼

나는
바람에 날리는
핑크빛 레이스 커튼을 좋아한다

내 안과 밖을
막지 않아서 좋고
내 안과 밖
다 터놓지 않아서 좋다

그대
반투명 아가페같이
그 사람을 닮아서 좋다.

울타리

우리 함께
백년 희로애락으로
울타리를 만들었지요

늘 열려 있는 울타리
늘 보호해 주는 울타리

오늘도 마음놓고
멀리 떠났다가
다시 안심하고 돌아올
울타리 안 보금자리

늘 고맙고
감사한
My sweet home!

봄비

비가 오면 궂은 날이라고
불평했었는데
오늘 내리는 봄비는
고맙기 그지없다

봄꽃을 고루 피우려고
하늘은 넓은 대지에
골고루 비를 내리고 있다

여름과 가을
겨울 추위까지 견디면서
단단해진 가지마다
꽃을 피우라며
어제부터 봄비가 내린다

꽃이 피면
그대와 함께 나들이 갈
설렘까지 담고 내린다.

온도

체감 40도!
이 무더위도
너만 있으면 견딜 것 같은

사랑은 죽음보다 강하다는데
어느 사막을 가더라도
널 위해, 한 송이
꽃을 피울 수 있을 것 같은
이 자신감!

너에 대한 사랑이니까
다 용서되고 남는.

2부

내 마음에 뜨는 별

어머니 1

콩 한 쪽도
나눠 먹으라는
어머니 말씀

자식이라면
콩깍지 씐
어머니 사랑

콩밭을 일궈도
못 다 헤아릴
그 크신 사랑!

어머니 2

'부엌' 하면
어머니 모습이 떠오릅니다

우리 가족의
건강을 맡아 주셨던
각자 바쁜 생활 속에서도
한자리에 모이게 하고
음식을 만들어 주시던 어머니!

당신이 만들어 주셨던
계절 음식 생각에
아련한 그리움이 담깁니다

고향에 돌아가는 길은
어머니 맛이 그리워
찾아가는 길일지 모릅니다.

형제

하늘과 바다가
형제라면
하늘은 바다를 그리워하고
바다는 하늘을 보고 싶어 하겠지요

하늘은 바다를 노래하고
바다는 하늘을 노래하겠지요
그러면서 만날 날을 기다리겠지요

하늘과 같은 높은 꿈과
바다와 같이 넓은 마음
이게 형제!

떼놓을 수 없는
우리 형제
우리 가족!

엄마의 편지

부칠 곳 없는 편지가
어머니 생각만큼
높게 쌓였습니다

어머니!
내가 어디쯤 가고 있는지
어머니 또한
어디쯤 오고 계시는지
알 수 없어도

전하지 못하고
내 안에 쌓여 있는 편지가
빈 책상 먼지처럼
쌓여 가고 있다는 사실만이라도
어머니 당신이 알아 주시길 바라는
간절한 밤입니다

어머니!
사랑합니다.

아버지를 기리며

오늘
벚꽃 지자
어느새 가지 사이로
여덟 가지 곱게 물든
잎들이 차 있고

햇살에 비치는
물살이 번득이며
긴 겨우내 움츠리고 있던
우리에게
생동감을 불러일으켜 주고 있다

찻잔을 마주한
오후의 짤막한 시간
아버지를 위한 또 한 잔의
찻잔을 올리련만

그대 언제 달려 내려와
나와 마주하려나

지금이라도 돌아와
함께 자리할 분의
아득한 기대감은
오늘도 나를 강인하게
이어 주는 미래

또 한 번의 벚꽃이 떨어져
씨앗이 되고 꽃 피울 때면

그대 함께 잔을 마주할
백년 벗을 위하여
오늘!

손주를 기다리며

신주쿠 30여 년을 오갔던 이 길
언젠가 눈이 많이 내리던 날
둘째가 태어났지요

그 누이가
갓 태어난 동생을 보겠다고
눈 속을 빠져가며
빨간 장화 신고 왔던 것이
엊그제 같은데

그의 아이
손주가 태어난답니다
신발 거꾸로 신고
툇마루를 달려 나서던
어머니 모습이 왜 떠오르는지요

첫 손주 맞으러 나서는 마음!
웃으며, 웃으며
그때 어머니처럼
지금 분주하기만 합니다.

두레박

그대는 우물 정(井)
나는 그대 생각 긷는 두레박

바쁜 일상에
그대 생각 담기 위해
우물 속으로 내려간다

천길만길 깊은 마음
다 담지 못하고
아쉽게 올라오며
이리 부딪치고
저리 부딪치며

온전하게
다 담지 못하고
반쯤 빈 물통도 아름다운
나는 웃는 두레박!

열매

우리 가족에게
Haru는 선물입니다

넉넉한
가을에 태어난
Haru의 인생은 축복입니다

Haru가 앞장서고
할머니가 뒤따라가는 세상
나와 가족들이
Haru를 생각하면

우리를
저절로 행복하게 만드는
Haru는 선물이 맞습니다.

가로등

비 오는 날 가로등은
수채화 빛이 됩니다

오렌지색에
빗물이 번진
진노랑 불을 밝히면서
자신은 점점 더 어두워집니다

새벽이 오면
그제야
다시 모습을 드러내기 위해
자신의 컬러로 일어섭니다.

우물

열 길 우물 속은 알아도
한 길 사람 속은
모른다는 말이 있잖아요

그래서 그냥
그대 마음속으로
직접 들어왔어요

하지만 행복하게도
오직 내 사랑만 있는
이 멋진 곳에서
나갈 생각조차 잊고 지냅니다.

물망초

아, 나는
너무 아름다운 것에
쉽게 취합니다

아름다운 음악에 취하고
높은 가을 하늘에 취하고
바다 위 노을에 취하여

집으로 돌아가는 길
사람들에 취하고
보이지 않는
그대 얼굴에 취합니다

그리워
그대 생각 속을 맴돌다
그리움 속으로 들어섭니다
Forget me not
물망초 사랑이 됩니다.

풍경(風磬)

늘 풍경과 놀던 바람!
오늘은
풍경을 두고 집을 나섰다

오랜만에 홀로 나선 길
벽에 부딪쳐 넘어지고
사람을 피해 돌아가고
정신없이 가다가
룽비치에 도달한 바람!

수평선을 바라보고
하늘을 바라봐도
내내 못 잊는
풍경 소리 그리워
집으로 돌아오면

어느새 바람을 맞이한 풍경
땡그랑
땡그랑!

별

우주 온도는
마이너스 270도!

어느 계절이나
차가운 별은 맞지만

봄은 따뜻하고
여름은 강하고
가을에는 소박하며
겨울에는 싸늘하게
반짝이며
내 마음에 뜨는 별

그대 별은
사랑이 있어
더 크게 보이는 별!

지구 한 바퀴를 돌아

아침이 되면
유치원 앞마당에
햇볕이 내려오고
어제 놀다간 시소, 그네
모래밭 소꿉놀이 위에
다시 생기가 돕니다

떠드는 소리가 들리고
마당으로
아이들이 몰려옵니다

햇볕 받은 앞마당은
울보와 고집쟁이
장난꾸러기를
놀이로 하나가 되게 만듭니다

흙먼지 묻은 땀을
손등으로 닦으며
얼굴을 들고
바라본 오색 하늘엔
참새들이 동그라미를 칩니다

그제야 앞마당은
행복한 시간을 받아 들고 와
웃으면서 자리를 내어 줍니다
나처럼 미소를 짓습니다

지구를 한 바퀴 돌며
따뜻해진 기운이
내 가슴에 담깁니다.

약속

– 코로나 때문에

코로나 때문에
당신이 나를
만나지 못해도 괜찮고
당신이 보낸 소포가
내 손에 닿지 않아도 괜찮아요

당신이 날
안아 주지 못해도 괜찮고
우리 결혼기념일 때
건배가 안 된다 해도 괜찮아요

사랑한다고
당신이 나에게 해 준 말이
당신 기억에 남아 있고
내 가슴에 담겨 있는데

그 말이
코로나보다 더한 병도
잘 이겨내게 할 테니까
우리 서로 걱정하지 말아요

다만 언젠가
이 세상을 떠나게 될 때
하루만이라도
내가 당신보다 더 살아
당신의 마지막 갈 준비는
내가 하겠다고 한 약속!

그 약속은
언제나, 늘 지킬 수 있는
약속으로 두면 좋겠어요.

겨울잠

우리의 봄은
어디쯤 올까?

어둠 속에서
외로움과 그리움에 부딪히며
찾아올 것 같은 봄!

술래를 기다리며
나는 오늘
그대 생각을 가슴에 담고
겨울잠 속으로 들어선다.

즐거움

어른이 되면서
잘했다고 칭찬받는 일이
적어진 것은 사실이다

병원에서
건강검진 결과가
모두 양호하다는
의사 선생님의 칭찬이

기다리는
그대를 만난 듯
오늘 하루를 즐겁게 한다.

이름 1

내가
이 세상에 태어나면서
처음 받은 선물
이름!

늘 나를 따라다니는 이름
혹 나를 대신해서
혼자 나서기도 하는 이름

쓰기만 하면
내 것이 되는
마법의 이름

이 세상 떠나면
다 사라지지만
한 가지 남게 되는
이름!

이름 2

내가 '이름' 널
좋아하는 이유는
네가 내 이름이기 때문이야

그 이름을 사랑해야 하는 이유는
네가 있어야 나의
존재가 인정되기 때문이고

그러면서 내가 이름 널
귀하게 여길 수밖에 없는 이유는
네 얼굴에 머금은 미소!
그 자신감이 좋아서야

나도 이제
나를 위해 애쓴 너에게 다가가
어깨를 토닥토닥!
이름을 불러 주고 싶어

수고했다고
사랑한다고 얘기해 주고 싶어.

그네

발을 동동동
뒤로 물러났다가
그네를 차고 올라간다

들숨날숨
들숨날숨
하늘을 향해 심호흡!

오늘은 병원에
진찰 받으러 가는 날.

신발점

마가렛 꽃잎을 따면서
꽃점을 친다

늘 사랑한다는 대답에
의심이 간다

에랏!
오늘은 신발점!

멀리 날린다

앗!
사랑이다!

오솔길

좁고 긴 오솔길을 걷다 보면
가끔 외로움이 달려 나옵니다

부는 바람과
내 외로움이 마주쳐
그대 생각을 깨웠나 봅니다

오솔길 가에
꽃 가득 심어 두고
내 안에서
그대를 불러내겠습니다

웃으며 손잡고
그대와 함께 걷겠습니다.

눈사람

살고 있는 동경에
눈이 내리면
겨울에 태어난 당신에게
눈사람을 만들어
선물하겠습니다

숯으로 눈을 만들고
나뭇가지로 우뚝 선 코와
조약돌 머금은 입술로
눈사람을 만들겠습니다

당신에게 행복한 선물
나를 만들겠습니다.

지금이 좋아

나는
신발 역할을 할 때가
제일 기분이 좋아

당신이 날 선택해 주었고
그런 당신을 나도 좋아하니까

그렇다고
매일 매일
다 기분 좋은 건 아니야

가끔은 힘들 때도 있고
또 가끔은, 따라나서기
귀찮을 때도 있었지

하지만
지내다 보니 정이 들었어
햇살 맑은 휴일
당신이 기척 없으면
어디 아픈가 걱정까지 되거든

나는, 나이 들어도
편한 신발 역할을 하는
지금이 제일 좋아.

사랑은

사랑은
be 동사가 아닌
do 동사여야 한다

너는 거기에
나는 여기에
존재한다는 사실!

'언젠가 만나겠지!'
기억에서
서로를 불러내
지금은
고슴도치 사랑을 나누는.

3부
당신 만날 그날을 위해

자화상 1

실바람
산들바람
소슬바람

·
·
·

얼굴을 스쳐가는
빌딩 숲 찬바람에
두 뺨을 내맡기며
바람이 내어놓은
길을 따라간다

어느 막다른 골목에 들어서면
따라 멈추던 모진 바람도
끊어질 찰나
모양이나 색도 없이
그저 갈 길이 바쁘다며
제 갈 길로 간다

가다가 가다가
어느 지구 막다른 골목에서
다시 나에게로 돌아올까?
아니면 가던 길로 계속 가서
처음 그 자리에 도착할까?

자화상 2

시력은 점점
어두워져 가는데
창문을 열면
햇살 속으로 뛰어나가는
미세 먼지가
오히려 눈에 더 잘 보입니다

가슴을 투영해 지나가는
햇빛 아래 서면
허물 많은 내가 보이는 듯
나를 잠시 멈추고
외출할 때 옷매무새 만지듯
내 마음을 추스르게 합니다

용서하고 사랑하는 마음의 소유자로
부끄럽지 않은 나를 만나기 위해
내 안의 나를 봅니다

그곳에서 참 부지런히 살아온
나를 만납니다.

기다림

나는 오늘도
우체국으로 가 서성일 것이다

너를 만나기로
약속이나 한 듯
그렇게 찾아갈 것이다

일 년 전
불현듯
나타났던 네 모습을
다시 찾으러 가
빈 통장을 내밀 것이다

환불 쪽지에
네 이름과 성을 적어
창구에 내밀고
낡은 소파에 앉아
날 부르는 그 목소리를
아연하게 기다릴 것이다.

옆 마을

여행은 우리를
높이 그리고 멀리
떠나게 한다

그곳에서
축제, 전시, 관람으로
즐거움을 얻고
다시 활동할 힘을 얻는다

하지만
그 여행지에 뒤지지 않는
이웃 마을에서
벌어지는 일에는
별 관심을 갖지 않았고
감동도 얻지 못했다

늘 가까이 있으면서
낯설기만 한
별세계 옆 마을에도
관심거리
얻을 거리가 많을 텐데

지금부터 관심을 두고 오가며
내가 먼저 닫힌 문을
열어야겠다.

여행 1

여행은
미완성의 인생을 찾아
떠나는 나들이!

다람쥐 쳇바퀴 돌 듯
진부한 삶을
잠시 내려놓고

새로운 길에서
새로운 사람들을 만나
갇혀 있던 내 시간을 열면

그 속으로 들어온 만큼
행복한 마음을
부풀어 오르게 하는
인생 스터디!

여행 2

둥근 지구를 펴서
벽에 걸어 두고
태평양을 건너 여행을 떠난다

도착한 그곳엔
언어 차이가 없고
인종 차별도 없다

내가 가지고 있는 것
네가 지니고 있는 것
어느 하나 차이를 보이지 않는
그저 수평으로 이어져 있는
하나의 지구촌!

그저 순수한 여행이 된다
여행을 마치고
다시 돌아갈 그곳에
그대가 있어 행복한 여행이 된다.

김치찌개

다 거절해도
이것만은 거절하지 못한다

남편이 출장을 마치고 돌아오는 길
딸이 먼 여행길에서 돌아오는 날
아들 럭비 시합 결승전을 앞두고

이런 날 가족에게
뭘 먹고 싶냐고 물으면
모두 한결같이 김치찌개!

준비에
손이 많이 가서 번거로워도
이것만은 거절 못한다

고국, 서울에서 가져와
입맛으로 담아 준 향수!
대를 이어가며 전한다

오늘도 딸이 돌아오는 날
김치찌개를 준비한다.

혼자 마시는 맥주

혼자 마시는 맥주는
시원하고도 쓰다

오늘 새로 생긴
동경 토요스 수산시장
혼자 먹고 있는 타코라이스
입 안에서 여러 가지 맛이 난다

아보카도와 치즈의 서양 맛
상추와 라이스의 우리 맛
타코 소스와 칩스의 멕시코 맛!

발코니에 쏟아지는
햇빛과 함께
어우러져 먹음에
여기도
IL SOLE CASA
햇볕 드는 집!

그대와 함께!

첫사랑 1

가루이자와 역 앞
프라브 하우스

붉은 와인에
레모네이드 한 잔 시켜 놓고
상행선을 기다리던 밤!

흘러나오는
컨트리 송
천장을 두드리는 빗소리

한 사람은 남아야 하고
한 사람은 떠나야 하고

이 비가
폭우로 쏟아져
시간이 멈춘다면

천장을 두드리는 빗소리가
우리의 노래가 되리.

첫사랑 2

그대 손바닥에
두 손을 얹으면
그대 마음을 차지한 느낌!

그대 무릎에
두 손을 얹으면
그대를 소유한 느낌!

그대 머릿결 따라
내려가는 그림자는
보이지 않는 나의 아가페!

어느 사월과 오월

하루아침에 피고 지는
벚꽃이 싫다며
철쭉을 좋아하던 너!

오래오래
피고 또 피는 철쭉꽃처럼
여트막하게
그러면서 절도 있게
자기만의 삶을 주장하던 너!

오늘도 만개한
철쭉꽃을 바라보며
내 안에 그림으로 남아 있을
네 모습을 그린다

너의 부재를
철쭉꽃으로 채운다.

엽서

한 장의 그림엽서는
기억을 꺼내, 아름다운
그곳으로 나를 데려갑니다

그곳에는
단풍이 물들어 있고
가을 풀벌레 소리가 들리는 듯

그곳은 우리가 만나 펼칠
사랑의 환희와 기쁨을
더 빨갛고, 노랗게 물들여 놓고
기다리겠지요

그대 보내온 엽서 속으로
가고 있는
그리운 가을입니다.

거울

내 얼굴을
바라볼 수 있는 거울

네가 없었으면
내가 꽃인 줄
어떻게 알까?

너를 생각하며
얼굴 가득 피운 꽃

그 꽃을 피게 한 사람이
너라는 사실!
어떻게 알았을까?

가을

가을이여!
날 불렀소?
부르기가 그리 부끄러워
빨갛게 물들고 있었소?

가을이여!
나더러 가자 하였소?
그 긴 여름
나 혼자 기다리게 해 놓고
이제 나를 초대하였소?

가을이여!
그리 짧게 다녀가지 마시고
나 부른 날부터
늘 가을로 있어 주시오

나도
그대 따라
가을이기를.

세월

– 여장부 엄마

우리 엄만 아빠 대신
돈 벌러 나갔어요
나들이할 때면 그래도
화장을 했어요
이제는 분이 안 먹는다고
푸념하던 소리
내가 지금 그 나이 되었어요

언니, 오빠 다 학교 가고
막내는 집 지키기 담당이었지요
해만 지면
엄마 돌아오는 길 바라봐요
해가 져도
안 돌아오시는 엄마를
이제는 발꿈치 세우고
창문에 턱을 괴고 기다렸지요

그렇게 바람 소리
그림자 가려가며
기다리던 많은 날들 때문에
나는 발자국 소리만 들어도
누가 오는지 알 수 있어요
우리 엄마 발자국 소리는요?
한바람 끌고 와
여덟 식구 먹여 살리는
여장부의 큰 발자국 소리지요

우리 엄마 분 안 먹던 얼굴은요?
새벽부터 일어나서 싸던
도시락에 전부 쏟아 넣고 남은
열 조각 갈래갈래
마음 때문이었지요
지금 생각하면.

계산기

계산기는
말 그대로
숫자를 계산하는 기계

거기엔 한 치의
플러스 마이너스의
여지가 없지만

준 만큼 받으려 하지 않고
비어 있는 만큼 채우려 하지 않으며
사랑한 만큼
사랑받지 않아도 되는 세계

계산기를 치우면
여유 있는 시간이 있다
계산기도 어쩌지 못하는
우리의 사랑이 있다.

은행

입출금이 자유로운
저축통장 잔고처럼

내 마음에
그리움이 쌓인 통장

그대
늘 자유롭게
찾을 수 있어요

늘 나에게
반가운 고객
그대!

친구

나는 창가에서
비닐 한 장으로
겨울을 나는 텃밭 풍경과
겨울에 더 가까워진 구름을 보며
기억을 열고

내 앞자리 친구는
소설책을 읽다가
가끔 안경 너머로
친구들 모습을 살피는데

내 앞의 친구는
짐 보따리를 부둥켜안고
흔들리는 차에 멀미하듯
헛기침을 내뱉곤 한다

그 옆자리 또 다른 친구는
입에 무언가 열심히 우물거리며
한 손에 시간표를 들고
확인하는 모습이 의아스럽다

우리는
각자 틀린 모습으로
일상 속의 행복
같은 목적지를 향해
여행을 가고 있다.

사랑을 위해

두 눈을 감으면
더 잘 느껴지는 사랑!
나는 늘
그분의 사랑에서 떠나 있었네

그래도 언젠가
돌아올 날을
기다려 주고 계셨네

나의 눈물과 고통도
알고 계셨고
나의 방황함도
용서해 주고 계셨네

당신이 선물로 주신 사랑!
세상 사람들에게
나누면서 살길 바라며
오래 참고 계셨네

욕망의 전차를 내리는 날
당신의 아름다운 사랑으로
날 승화시킬 그날을 위해
당신 뜻대로 살겠네

당신을 만날 그날을 위해
그날을 기다리며 살겠네.

추석

이고 지고
이고 지더니
추석날 오늘은 달이
기어이 가득 차올랐어요

누가 보아도
나무라지 못할
당당한 저 만월의 빛!

내내 잊지 못할
어머니 손금 박힌 송편은
만월에 떠 있어요

한가윗날
내 손 안의 자식들 소원을
솔잎 위에 얹어
송편으로 쪄내셨던 어머니!

어머니 가신 지 서른다섯 해
올해도 만월에 떠 있습니다
어머니 사랑이
자식들 가슴에 사랑으로 떠 있습니다.

닮아가기

Jesus christ,
우린 아마 당신 얼굴을 닮았을 것입니다
Jesus christ,
우린 아마 당신 마음을 닮았을 것입니다

늘 보고 싶어도
볼 수 없는 얼굴!
늘 귀 기울여도
들리지 않는 음성!

오늘도 애타게 기다립니다
그대 얼굴, 그대 마음 찾기 위해
그대 닮은, Jesus christ
모습을 앞세워 기다립니다.

컵

생명의 물잔
건배의 술잔
향기의 커피잔
기쁨의 승리의 컵

.
.
.

무한한 가능성을
가져다주는
내 이름은 컵

당신이
내 이름을 불러 줄 때
그대 향해
끝없는 사랑이 담긴
그대의 컵!

죽마고우

죽마고우란 말이 있지만
나는 백발의 만남을
더 귀하게 여깁니다

남은 시간이 짧은 만큼
만남 속에는
오늘밖에 없는 것처럼 사는
열정과 사랑이 있어 좋고

구하지 않아도
이해와 용서가 배어 있는
그 의연한 자세가 있어 좋습니다

백발의 그대!
그대가 내미는 두 손에
새로운 만남의 합장을
답장으로 보냅니다.

마이크

마음대로 소리를
조절할 수 있는 널
좋아하지 않는다

널 가까이했다가
좋아하는 사람 생각까지
실수로 확대시킬까 봐

한 번 밖으로 나오면
다시 담을 수도 없고
좋아하는 마음 들킨
아찔한 순간을 생각해 봐
내가 널 좋아할 수 있나.

나이테

나무는 하늘만 바라보고
나는 그대만 바라보고

나무는 바람에 흔들리고
나는 그대 모습에 흔들리고

나무는 점점
나이테를 넓게 만들어 가고
나는 점점
그대 그리움을 깊게 만들어 가고

그러면서 자란다
나무는 키가 더 크게 자라고
나는
마음이 더 넓게 자라고.

4부
그대 향기로 여는 하루

말

놀라지 마라
두려워하지 말고
그러기에 말이다

알고 보면
말 속에 설렘이 있다
두려움을 지우는
아름다움도 있다

내가 하고
내가 먼저
들을 수 있게 말이다

아름답다 여기면
꽃으로 피어
내 행동까지 이끌어 주는 말!
그게 말이다.

택시

오늘도
문 앞에
택시가 선다

문득
스쳐가는 얼굴!

그대 기다리는
내 그리움 속으로
택시가 달려오고 있다.

커피 1

커피 한 잔
손에 들고 있습니다
김이 나는 커피

내 안에서 걸어 나와
커피잔에 담기는 사람

이 역시
내가 좋아하는 당신
내가 사랑해야 할 사람.

커피 2

커피 내리는 향기가
아침잠을 깨웁니다

그대 향기로
여는 하루!

부산함에서 나를 내려놓고
욕심도 버리고
미움도 사랑으로 변하게 해 주는

아침 일찍 일어나
먹이를 찾는 새처럼
나는
한 잔의 커피를
들고 앉습니다.

선물

선물은
내 마음을 앞질러
당신과 나 사이를
좁혀 주러 가는
보이지 않는
요정!

우리가 베풀 때마다
저세상에
천국의 집이 크게 지어지듯

이 세상에서도
우리의
사랑의 집이 지어져 가네.

수국

내게
수국은
천둥 번개 머금은
보랏빛 하늘!

꽃잎 뒷면에
사선의 빗줄기와
풍경을 그려 넣고

비가 그치는
여름날의 얘기를
그대와 함께
활짝 피우고 싶어!

행복

오늘 하루
동선을 그린다
일과 그대 생각!
동선이 그려진다

시간은 나를
멈추어 서게 해도
또 다른 나의 시계는
하루가 끝난 지금도
멈출 줄 모르고
돌아가고 있다.

고향은

내가 좋아한 고향은
하모니카 소리가 나요

가족을 만나고
친구를 만나고

내가 고향으로 달려가고
고향이 내게 달려오면
하모니카를 불어요

그 소리에 실려
낮게 더 낮게
해가 져서
고향은
내가 있는 곳으로
오고 있어요.

화음

What a 화음
네 화음은
내 가슴을 뛰게 한다

네 화음은
나를 기상시킨다

화음으로 펼쳐진 세상!
화음으로 돌아가는 일상!

화음에 실려
돌아가는
우리들의 사랑!

소망

네 꾸밈음
한 소절만 들어도

네 꾸밈음 앞에
안고 들어가는
그 몸짓 하나만으로

네 꾸밈음 앞에
꺾여 들어가는
그 눈빛 하나만으로도

갇힌 어둠 속에서
사방의 벽을 뚫고
푸른 설렘과 희망으로
오늘을
시작하게 한다.

행복 오르기

아빠와 아이가
계단 앞에 서서
가위바위보를 합니다

아빠가 큰 소리로
가위바위보!
아이가 더 큰 소리로
가위바위보!

가위바위보
가위바위보
아이와 아빠는
더 많은 사랑을 채울 수 있게
사이가 점점 더 벌어집니다

우리도 일상 속에서
삶의 승부를 위해
계단을 오르고 있습니다
가위바위보
가위바위보

환하게 웃는 얼굴
서로 가슴에 담고
가위바위보
가위바위보!

소원

삶이 느슨해져 있을 때
"얼음장같이 찬 일상 속 나를
팽팽하게 당겨 주는
딸 같은 친구 하나 보내 주세요!"

이렇게 기도할 만큼
홀로일 때가 있었지요
이제는 방명록
만들어야 할 정도로
그 소원 이루어졌어요

만나는 사람마다
가슴 가득 행복 안겨 주며
사랑을 베풀고 있습니다

내 생이 다하는 날
베푼 사랑으로
막대그래프 그려 놓고
내 사랑을 높여 준 사람들에게
고맙다고
사랑한다는
그 마음 모아 주고 떠나고 싶어요.

기도

홀로 있을 때는
신이 나를 떠나 있는가?

십자가 단상 밑에 앉아
무거운 짐을 내려놓으면
그 무거운 짐을
나 대신 지고 꽃으로 피는
사랑하는 나의 신이여!

그 사랑에 먼저 취하고
그윽하게 피어나는 향기에
눈물을 흘립니다

그제야
산산이 부서져 조각난
내 모습이 퍼즐처럼 조금씩
제 모양을 맞춰 갑니다

이제 사랑해도 된다는 듯
내 안에서
따뜻한 기운이 느껴집니다.

밸런타인데이

그리움과 기다림
'사랑'이라는 추상명사가
초콜릿에 나 대신 담겨
그대에게 달려갈 수 있는
밸런타인데이!

달콤한 사랑
저절로 나오는 미소
사랑이 확인되는
밸런타인데이

그리움과 기다림이
만남으로 이어져
결국 행복이 되었으면
더 좋을 바램
밸런타인데이!

날아가는 연습

날개 떨어진 새처럼
날지 못했다
나도 날 수 있을까?
날지 못하는 자신이 두렵지만
너의 격려를 날개로 달고
날아가고 있다

내 양어깨에 달린
날개에 의지하고
꿈을 향해 날아가고 있다

내 꿈을 이루고
지금 이 자리로 돌아와
용기 낸 나를
잘했다며 보듬어 주어야겠다

나에게 날개를 달아 준
너에게도
날개를 달아 주어야겠다
감사의 날개를
사랑의 날개를

너와 나, 이제
우리 둘이 함께 날아야겠다
행복한 미래로 날아가야겠다.

잡초

아스팔트를 툭툭 뚫고 나와
꽃을 피운 잡초!

허술하고 초라해도
이제 한 꺼풀 벗고
당당히 나서보는 잡초!

거기에도 물은 고이고
하늘은 열려서
희망을 안겨 주었다

아스팔트 속 뿌리의 힘이
한 풀잎으로도
이 땅을 흔들고 돋아나
빛이 되길 바라며

꽃을 피우고
살아갈 수 있다는 것을
잡초는
얘기해 주고 있었다.

한가위

달 가운데
떡방아 찧던
토끼 한 마리

세상으로 내려와
방아 찧어 주던 날
콩깡깡콩

토끼 방앗소리
가슴에 담으면
내 가슴도 콩깡깡콩

고향 생각에 콩깡
부모님 생각에 콩깡
형제자매 생각에 콩깡!

찧어도
찧어도
그립기만 한
고향 마을 한가위.

한글날

아 야어여
감 가거겨
사 시스세
한 혀하혀
글 기거겨
날 니누네

한글 속에
내가 있다
고향이 있고
대한민국이 있다.

단풍

단풍의 합창을 듣습니까?
빨강 잎의 소프라노
노랑 잎의 메조소프라노

갈색 잎의 알토 베이스
매미의 합창도 끝나고
여치의 가을 전주도 끝났습니다

이제 본격적인
중악장으로 들어갑니다

그래서 더 진하게
그러면서 강하고 화려하게
단풍이 듭니다

그들의 소리가
가을 잔치에 초대했습니다
함께 가실 거죠?

노을

모처럼 조용한
저녁 시간을 맞는다

나를 부산스럽게 만들었던
하루를 벗어 놓고
노을로 불붙는
언덕 위로 올라간다

예쁜 집 지붕 위로 넘어가는
핑크빛 노을을 본다

노을의 속삭임에
그대 생각 내려와
가슴에 빨갛게
불을 지펴 준다.

크리스마스 선물

눈을 보았습니까?
크리스마스를 앞두고
아름다운 도시를 덮은
그래서 더 하얀
눈을 보았습니까?

그 속에서 울려 퍼지는
캐럴을 들으며 나타난 산타!

눈 덮인
이 아름다운 도시에서
산타가 가져온
'그대 사랑'이라는
선물을 받으셨습니까?

달력

마지막 남은
12월 달력 한 장
달력 너머로
내년 1월이 보입니다

아직 오지도 않은 내년
미래를 걸어 놓고
그림을 그립니다

다가올 새해에는
멋진 꿈이 있고
받을 복도 담겼다며
어서 오라고
웃는 표정들!

잠시 후 만날 내년도
올해 12월을
의미 있게 마무리하면
더 활짝 웃는 한 해가 된다는 것을!

그러면
난 너에게 무엇을 해 줄 수 있을지?

365일
그 기대치에 어긋나지 않는
충실한 너의 내가 될 수 있을까?!

연말연시

지금 저 석양이 지면
새로운 날이 밝아오겠지
거리의 가로등 불빛도
밝은 기운에 자리를 내주겠지

집으로 돌아가는 길
새해의 꿈을 구하기 위해
사람들이 줄지어 선 복권가게에
잠시 발걸음을 멈춘다

누구에게도 아직 보이지 않은
신년의 꿈!

집으로 돌아와
섣달 그믐날의 여유
유자 향기 풍기는
따뜻한 물에 발을 담그면

묵은 한 해가 녹아내리고
그 자리에 새 기운이 담긴다
새로운 한 해가 열린다.

묵은 나를 보내며

달력 한 장이 남았다
가는 가을 배웅하고
오는 겨울 맞이하는
분주한 마음에
책상에서 일어나

불안과 희망의
새 달력을 걸어 둔 채
묵은 나를 보내고
새로워질 나를 기대하며

환하게 웃는
내 얼굴을 미리 만나고 싶다.

우리 형제 8남매

현역 화가 큰언니를 만났을 때는
우리 형제 대표라는 믿음이

전업주부 둘째 언니를 만났을 땐
좀 더 젊었으면 좋았으리라는 안타까움이

전 의원님 셋째 언니를 만나고는
집에서 밥해 주고
정겹게 얘기해 주는 사람이기를

무엇과도 안 바꾸는 연극이 삶인
우리 큰오빠를 바라보면
부처님 도를 다 내려놓아도 좋으니
속세도 바라볼 줄 알았으면 하는 아쉬움이

언어의 지휘자 둘째 오빠를 보았을 때는
아직 백발의 청년 같았고

멀리 애리조나 행 비행기를 타지 않으면
만날 수 없는, 늘 자리가 비어 아쉬운
우리 셋째 오빠도 잘 계시는지?

도자기 전공 넷째 언니를 만나면
약함과 강함이 함께 보여
예술의 세계를 보는 듯!

막내 저는요
뭐라고 할까?
그냥 정직한 바보예요
그래서 손해 보는 천하 불청객!

밤하늘에 뜬
엄마별 아빠별
모두모두 덮어 두라며
깜빡깜빡
눈을 감아 주셨습니다

하지만 있잖아요
엄마와 아빠는 물론
우리 형제 8남매
날마다 이리 보고 싶으니
어쩌면 좋죠?

일상에서 문득

펴낸날 초판 1쇄 2024년 5월 20일

지은이 손묘랑
펴낸이 서용순
펴낸곳 이지출판

출판등록 1997년 9월 10일
등록번호 제3002005156호
주소 03131 서울시 종로구 율곡로6길 36 월드오피스텔 903호
대표전화 02-743-7661 팩스 02-743-7621
이메일 easy7661@naver.com
인쇄 ICAN
물류 (주)비앤북스

값 15,000원

ISBN 979-11-5555-218-6 03810